I0564793

BIBLIOTHÈQUE MORALE

—

In-12 Troisième Série.

—

Tout exemplaire qui ne sera pas revêtu de ma griffe sera réputé contrefait et poursuivi conformément aux lois.

Ch. Barbou

LA ROSE THÉ

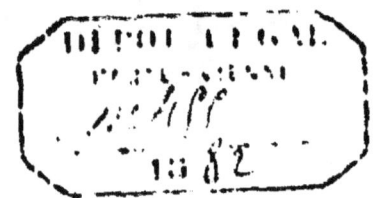

MISS HENRIETTE BEECHER STOWE

LA
ROSE THÉ

(NOUVELLE AMÉRICAINE)

TRADUCTION DE LA BÉDOLLIÈRE

ÉDITION REVUE

LIMOGES

ANCIENNE MAISON BARBOU FRÈRES
Ch. BARBOU, IMPRIMEUR-ÉDITEUR
Avenue du Crucifix.

LA ROSE THÉ

I

Elle était là cette simple rose, dans un vase transparent vert comme la feuille du printemps, encaissée par un gracieux support d'ébène placé devant la fenêtre du salon. Elle était là cette simple rose, au milieu des riches rideaux de satin avec leurs franges soyeuses, tombant de chaque côté, entourée des objets les plus rares, des riens les plus coûteux que la richesse procure, et pourtant cette simple rose était la plus belle d'entre

1..

toutes ces richesses. Si pure, si virginale, avec ses blancs pétales, légèrement teints d'une nuance carminée, sa corolle arrondie, sa tête penchée, sur sa tige, comme prête à se fondre dans son propre élément! oh! quelle chose si parfaite fût jamais sortie des mains des hommes!

Mais le rayon de soleil qui traversait l'ombre de ces rideaux éclairait un objet plus divin que la rose. Couchée sur son ottomane, dans un sombre recoin, et profondément occupée d'une lecture, une beauté rivalisait de fraîcheur avec la jolie fleur. Cette joue pâle, ce beau front intelligent, cette physionomie empreinte des pensées les plus élevées, ces longs cils baissés, et l'expression de cette bouche un peu sérieuse, mais douce et résignée, cet ensemble parfait, c'était l'idéalité d'un rêve.

— Florence! Florence! répéta une voix joyeuse et musicale, empreinte d'une douce impatience. Tournez votre tête, lecteur ou lectrice, et vous verrez une fille jeune, légère et sémillante, le vrai modèle d'une volonté enfantine avec des yeux mobiles, un pied qui touche à peine le tapis moelleux, et un sourire qui se réfléchit dans une infinité de fossettes comme s'il multipliait vingt sourires dans un seul.

— Florence, dis-je, répéta l'espiègle, mettez de côté ce sage, bon et excellent livre, et descendez du haut des nues, pour causer avec une pauvre petite mortelle. Je cherchais dans ma pensée ce que vous feriez de votre rosier favori, quand vous vous en iriez, puisque telle est votre détermination ; ce serait dommage de le confier aux soins d'une étourdie comme moi. J'aime les fleurs, c'est-à-dire un bouquet de fleurs bien variées, taillées et rassemblées, pour emporter au bal; mais s'il faut y apporter tous ces soins, tout l'entretien nécessaire à sa culture, je ne me reconnais pas tant de dispositions.

— N'ayez aucune inquiétude à ce sujet,

ma chère Catherine, dit Florence avec un
sourire ; je n'ai pas l'intention de mettre vos
talents à l'épreuve : j'ai un asile en vue pour
mon favori.

— Oh ! alors vous savez déjà ce que j'allais
vous dire. Madame Marshall vous a parlé sans
doute ; elle est venue hier, et je me suis montrée très pathétique sur ce sujet, lui dépei-
gnant la perte que votre favori allait éprouver ; elle m'a répondu qu'elle serait enchan-
tée de le mettre dans sa serre. Il est dans un
état si florissant, plein de boutures prêtes à
éclores ! Je lui ai répondu que vous le lui
confieriez volontiers ; je sais que vous aimez
tant madame Marshall.

— J'en suis désolée, Catherine, mais j'en
ai disposé autrement.

— A qui cela peut-il être ? vous n'avez
pas ici beaucoup d'amies intimes.

— C'est par suite d'un de mes caprices.

— Dites-moi qui, Florence ?

— Eh bien, vous connaissez, cousine,

cette petite fille pâle, à qui nous confions de l'ouvrage.

— Quoi ! la petite Marie Stephens ? Quelle absurdité ! c'est bien là, Florence, encore une de vos idées maternelles de vieille fille; habiller des poupées pour les enfants pauvres, faire des bonnets et tricoter des bas pour tous les marmots malpropres du voisinage. Je crois vraiment que vous avez fait plus de visites dans ces deux sales et puantes allées derrière la maison que dans Chesnut street, où tout le monde meurt d'envie de vous posséder; et pour couronner l'œuvre, vous allez donner ce délicieux bijou de la nature à une couturière, lorsqu'une amie intime, de votre rang dans la société, en estimerait le don à la plus haute valeur. Quel besoin de fleurs peuvent avoir ces sortes de gens, je vous le demande ?

— Tout autant que moi, répliqua Florence avec calme. N'avez-vous pas remarqué que la pauvre enfant ne vient jamais ici sans jeter un regard de convoitise sur les boutons qui s'épanouissent ? Ne vous souvenez-vous pas avec quelle amabilité touchante elle m'a demandé l'autre matin d'amener sa mère pour voir mon rosier, parce qu'elle aime tant les fleurs?

— Mais songez donc, Florence, une fleur rare sur une table, au milieu de jambons, d'œufs, de fromages et de farine, étouffée dans cette petite chambre où madame Stephens trouve le moyen de laver, de repasser, de faire la cuisine et tant d'autres choses que nous ignorons...

— Et bien! Kate, si j'étais contrainte de vivre dans une chambre commune, et de laver, repasser et faire la cuisine, comme vous dites, si je devais employer toutes les minutes de mon temps au travail, sans autre perspective de ma fenêtre qu'un mur de briques et une sale impasse, une fleur comme

celle-ci serait pour moi une jouissance inef
fable.

— Bah ! Florence, vous êtes sentimentale ;
les pauvres gens n'en ont pas le temps.
D'ailleurs je ne crois pas qu'elle croîtrait
chez elles ; c'est une fleur de serre, et habituée à une existence délicate.

— Oh ! quand à cela, une fleur ne s'en-
quiert pas si son possesseur est riche ou
pauvre ; et les rayons de soleil qui pénètrent
dans la chambre de madame Stephens, quelle
que soit du reste sa pauvreté, sont aussi
chauds et vivifiants que celui qui nous arrive
par notre fenêtre. Les admirables créations
du Seigneur sont données à tous sans dis-
tinction. Vous verrez que ma belle rose se
trouvera aussi gaie et aussi fraîche que dans
la nôtre.

— C'est drôle tout de même ! Si l'on veut
donner aux pauvres, ils ont besoin de choses utiles : un boisseau de pommes de terre,
un jambon, ou autres choses semblables.

— Sans aucun doute, les pommes de terre et le jambon sont de première nécessité ; mais après avoir pourvu à ces besoins impérieux, pourquoi ne pas y ajouter quelques gratifications agréables qu'il nous est si facile de leur donner ? Il y a beaucoup de pauvres gens, je le sais, qui ont des sentiments exquis des beautés de la nature, et chez lesquels ces sentiments se rouillent et meurent faute d'aliments. Par exemple, cette pauvre madame Stephens, qui aimerait les oiseaux, les fleurs, la musique, autant que moi. J'ai remarqué que ses yeux brillaient chaque fois qu'ils rencontraient quelque chose de semblable dans notre salon ; et pourtant elle n'a pas les moyens de se donner l'une ou l'autre de ces jouissances. A cause de sa pauvreté, sa chambre, ses vêtements sont grossiers et simples comme tout ce qu'elle possède. Si vous aviez vu leur ravissement à toutes deux lorsque je leur ai offert une rose !

— Mon Dieu, tout cela pourrait bien être vrai, mais je n'y avais jamais songé. Je n'eusse jamais pensé que ces gens qui travaillaient si dur pussent avoir la moindre idée du goût et de l'élégance.

— Pourquoi donc voyez-vous le géranium ou la rose cultivés avec tant de soins dans de vieux pots fêlés dans les chambres les plus pauvres, ou la clématite sortir de sa boîte grossière pour enrouler dans ses mille replis verdoyants les barreaux d'une fenêtre? N'est-ce pas là une preuve que le cœur humain, quelle que soit sa condition dans la vie, aspire à tout ce qui est beau? Vous souvenez-vous, Kate, que notre blanchisseuse a passé une nuit tout entière, après une rude journée de travail, pour faire à son premier enfant un joli habillement pour le baptême?

— Oui, et je me souviens de m'être moquée de vous parce que vous lui aviez fait un bonnet trop élégant.

— Ma chère Ketty, je songe au contente-

ment de cette pauvre mère lorsqu'elle contempla son enfant dans ses jolis vêtements ;
et je suis convaincue qu'elle ne se fût pas
montrée plus satisfaite si je lui avais envoyé
un sac de farine.

— Enfin, je n'avais jamais encore songé
de donner aux pauvres autre chose que ce
dont ils avaient réellement besoin, et j'ai
toujours aimé le faire, lorsqu'il ne fallait pas
beaucoup me déranger pour cela.

— Ma chère cousine, si notre céleste Père
nous gratifiait de cette sorte, nous aurions
des masses grossières et informes de pro-
visions, entassées sur terre, au lieu de jouir
de cette admirable variété d'arbres, de fruits,
et de fleurs.

— C'est possible, ma cousine, vous avez
peut-être raison, mais ayez pitié de ma pauvre tête, elle est trop petite pour contenir
tant d'idées à la fois. Ainsi faites comme il
vous plaira.

Et la petite coquette se posa devant la

glace pour répéter et exécuter à sa satisfac-
tion un nouveau pas de valse.

II

Dans une toute petite chambre, éclairée
par une seule fenêtre, sans tapis sur le par-
quet blanchi, garni dans un coin d'un lit
blanc, mais grossièrement couvert, d'un
buffet avec quelques plats et assiettes dépa-
reillés; dans l'autre coin une commode, et
devant la fenêtre une petite caisse de cerisier,
la seule chose neuve de tout l'ameublement.
Dans cette petite chambre, une femme pâle
et maladive était renversée dans une vieille
bergère, les yeux fermés et les lèvres con-
tractées par la souffrance. Elle se balança
pendant quelques minutes, appuyant sa main
sur ses yeux; puis elle reprit d'un air lan-
guissant l'ouvrage délicat auquel elle s'ap-

pliquait depuis le matin. La porte s'ouvrit, et une frêle petite fille de douze ans environ entra, ses grands yeux bleus dilatés et rayonnant du plaisir avec lequel elle portait dans ses mains le vase qui contenait l'arbuste tant désiré.

Vois donc, maman ! En voici un d'épanoui et deux qui vont éclore, et tant de jolies boutures qui s'échappent des feuilles vertes !

Le visage de la paúvre femme s'éclaircit lorsque ses regards se portèrent d'abord sur le rosier, et ensuite sur les traits maladifs de son enfant, où n'avaient pas brillé depuis bien longtemps d'aussi vives couleurs qu'en ce moment.

— Que Dieu la bénisse ! s'écria-t-elle involontairement.

— Miss Florence ! oui, certainement ; je savais que vous penseriez ainsi. Ne sentez-vous pas votre tête soulagée quand vous regardez cette belle fleur ? A présent, vous ne regarderez pas avec tant d'envie les fleurs

du marché, car notre rozier est plus beau
que tout ce que l'on voit. Il me semble qu'il
vaut à lui seul tout le petit jardin que nous
avions autrefois. Voyez donc cette quantité
de boutons ! comptons-les ! et sentez seulement cette rose ; quel parfum ! Où le met-
trons-nous?

Et Marie, sautillant dans la chambre, pla-
çait son rosier dans un endroit, puis dans
un autre, elle s'éloignait à distance pour en
voir l'effet, jusqu'à ce que sa mère lui eut
rappelé amicalement que le rozier ne con-
serverait sa vie et sa beauté qu'au soleil.

— Vous avez raison, dit Marie ; eh bien !
mettons-le dans notre caisse neuve; il sera
encore plus joli. Et madame Stephen posa
son ouvrage pour plier un morceau de jour-
nal sur lequel elle plaça son trésor.

— Là, dit Marie surveillant d'un œil ardent
tous ces petits arrangements , c'est bien
comme cela... Non, on ne voit pas les boutons entr'ouverts; un peu plus tourné ; là,

le voilà bien. Et Marie fit le tour de l'arbuste, afin d'en étudier l'effet de ce côté. Comme c'est aimable à miss Florence d'avoir bien voulu nous en faire cadeau ! dit Marie ; elle nous a déjà comblées de bien des choses, mais celle-ci me semble la meilleure de toutes ; elle a pensé à nous, et elle a deviné notre secret désir ; c'est si rare, n'est-ce pas, bonne mère ?

Quelle douce journée ce petit présent fit passer aux recluses de cette petite chambre ! comme les doigts agiles de Marie glissèrent plus vite pendant qu'elle cousait assise auprès de sa mère ! Et madame Stephen oublia dans le bonheur de son enfant ses tourments et son mal de tête ; elle pensa, le soir, en prenant sa tasse de thé faible, que depuis longtemps elle ne s'était sentie si forte ni si courageuse.

La douce influence de cette rose ne s'effaça pas avec le premier jour : pendant tout le froid et long hiver, les soins, la tendre sol-

licitude pour la conservation du rosier éveil-
lèrent une foule de sensations qui firent
oublier l'uniformité et les fatigues de la vie.
Lorsque le passant s'arrêtait devant la fenêtre pour en admirer la beauté, Marie était
heureuse et fière le restant du jour; la pauvre et soucieuse veuve elle-même ne restait
pas insensible à ce tribut de l'étranger pour
la fleur favorite.

Florence était bien loin de s'imaginer,
lorsqu'elle fit ce présent, qu'un fil invisible
s'y tramait pour se développer au loin et
tisser la toile de sa destinée.

III

Par une froide après midi des premiers
jours du printemps, un grand et gracieux
cavalier se présenta dans la petite chambre
pour payer quelques confections de linge

qui lui avaient été faites. C'était un étranger et un passant, recommandé par la charité d'une des pratiques de madame Stephens. Comme il se disposait à sortir, ses yeux s'arrêtèrent en admiration devant le rosier.

— Quel admirable arbuste! s'écria-t-il.

— Oui, dit la petite Marie; et il nous a été donné par une jeune demoiselle aussi belle et aussi admirable que la fleur.

— Ah! dit l'étranger fixant sur l'enfant ses yeux noirs et brillants avec une expression de plaisir et d'étonnement; et comment se fait-il qu'elle vous en ait fait don, ma petite fille?

— Parce que nous sommes pauvres et que ma mère est malade, et qu'il nous serait impossible d'acheter un si beau rosier. Nous avions un jardin autrefois; et nous aimons beaucoup les fleurs; miss Florence s'en est aperçue, et elle nous a donné ce rosier.

— Florence? répéta l'étranger.

— Oui, miss Florence l'Estrange, une bien

belle demoiselle. On dit qu'elle est étrangère ;
pourtant elle parle l'anglais tout comme les
autres dames , mais avec une voix plus
douce.

— Est-elle ici dans ce moment? habite-
t-elle cette ville? demanda ardemment le
gentilhomme.

— Non ! elle est partie depuis plusieurs
mois, répliqua la veuve, qui remarqua le
nuage de désappointement qui obscurcit
les traits du visiteur ; mais ajouta-t-elle,
vous pouvez prendre toutes les informations
sur elle chez sa tante, n° 10, rue.....

Peu de temps après, Florence reçut une
lettre dont l'écriture la fit trembler. Pendant
les premières années de son enfance, qu'elle
avait passées en France ; elle avait appris à
connaître cette écriture. Elle avait aimé
comme une femme de sa sorte sait aimer —
une seule fois. Mais tant d'obstacles de
parents , d'amis , de longue séparation ,
avaient passé sur des années d'angoisses,

2

qu'elle croyait que l'Océan s'était reformé entre elle et cette main chérie ; c'est pourquoi son délicieux visage portait ces quelques lignes creusées par la tristesse.

Mais cette lettre disait qu'il était encore de ce monde, qu'il avait découvert et suivi sa trace, comme on découvre le lit d'une eau pure et limpide par la fraîcheur de la verdure qui le cache, en suivant le cours des œuvres de bienfaisance qu'elle avait semés sur la route comme l'ange de paix et de consolation. Est-il besoin d'achever ce que mes lecteurs ont déjà deviné, et ne vaut-il pas mieux leur laisser terminer eux-mêmes cette petite histoire ?

LE PÈRE TIM

ET SA FILLE GRACE

Avez-vous jamais connu le petit village de Newbury ! Non, sans doute ; car c'était un de ces endroits retirés où personne ne pénétrait sans y être attiré pour une affaire quelconque; un tout petit vallon verdoyant, encaissé comme un nid d'oiseau entre diverses montagnes assez élevées, qui tenaient à distance les vents froids et les importuns étrangers. C'était un petit monde isolé au milieu d'un autre monde. Les habitants formaient une famille patriarcale, qui n'avait d'autre ambition dans la vie, que de vivre, se marier, mourir, et être enterrée dans le même lieu. Il y avait toujours un nombre égal de maisons, et un nombre égal d'habitants pour les occuper ; nul ne semblait y tomber malade ou y mourir, du moins pendant mon séjour. Les indigènes y vieillissaient jusqu'à ce qu'il ne leur fût plus possible de vieillir, puis ils s'arrêtaient, et duraient ainsi de génération en génération.

En fait de mœurs et coutumes, de sciences et d'arts, les gens de Newbury allaient faire leur partie à trois heures de l'après-midi, et rentraient chez eux avant la nuit ; tout travail cessait unanimement le samedi au coucher du soleil ; ils allaient tous à l'église le dimanche ; ils avaient une école pour l'enseignement primaire ; ils pratiquaient la charité chrétienne avec leurs voisins, et ils savaient se contenter du lot qui leur était échu, la meilleure, après tout, de toutes les philosophies. Ce fut dans ce

village que maître James Benton vint faire
une excursion, en l'an de grâce mil huit
cent et tant.

Ce James sera notre héros, il est justement taillé pour produire sensation ; c'est
du moins ce que vous eussiez pensé, si
vous aviez habité Newbury huit jours après
son arrivée.

Maître James était une de ces natures
énergiques, au cœur large, qui s'élève tout
naturellement dans le monde comme le liège
au dessus de l'eau. Largement doué de
cette finesse caractéristique de la nation,
qui dénote une habileté à faire toutes
choses sans préparation préalable, à tout
savoir sans avoir jamais appris, et à faire
un meilleur usage de son ignorance que
d'autres feraient de leur savoir, cette qualité
se trouvait alliée chez James à une grande
fléxibilité de pensées, et une humeur égale et
gaie. Nous n'avons pas grand chose à dire
de ses avantages extérieurs. Il possedait

2.

une franchise de physionomie, une fripon-
nerie de regard et une désinvolture joviale,
qui étaient merveilleusement séduisantes.

Il faut dire que James avait une confiance
illimitée en lui-même, croyant que rien dans
le monde n'était impossible pour lui ; et
cette confiance était entretenue avec une
joyeuseté triomphante qui lui gagnait toutes
les sympathies, et vous eût fait partager sa
confiance en lui-même. Il y à deux sortes
de suffisances : l'une amusante et l'autre
provoquante. La sienne était de l'espèce
amusante, et n'était en somme que la vivacité et la surabondance d'un esprit pétulant,
se réjouissant de tout ce qu'il rencontrait de
joyeux en lui-même ou chez les autres.
Toujours prêt à faire son propre éloge, il
exaltait aussi bien les louanges de son voisin si l'occasion s'en présentait.

Maître James, à l'époque de son arrivée
dans la ville de Newbury, n'avait que dix-
huit ans, de sorte qu'il était difficile de dire

lequel prédominait en lui du garçon ou de
l'homme. La confiance qu'il avait en lui-
même et sa détermination d'être quelque
chose dans le monde lui avaient fait quitter
le toit paternel, et chercher fortune à Newbury, emportant tous ses effets dans un
mouchoir de coton bleu. Jamais, du reste,
étranger ne monta en grade plus rapidement et ne cumula plus d'emplois que James. Maître d'école pendant la semaine,
chantre le dimanche, il employait ses soirées à donner des leçons de lecture et de
chant ; étudiant le latin et le grec avec le
ministre , on ne savait quand ni comment,
se préparant ainsi pour le collège, pendant
qu'il semblait faire tout autre chose.

James entendait l'art et la magie de la po-
pularité, et se mettait parfaitement à l'aise
dans tous les coins de cheminée des maisons du village, connaissant la géographie
de toutes les barriques de cidre et de poiré,
se versant et versant aux autres avec sa

générosité habituelle, prenant sa part à toutes les bonnes choses de la vie, dévorant et
paraissant trouver également bonnes les
choses et les personnes qu'il trouvait sur
son passage.

L'étendue et la variété de ses connaissances étaient prodigieuses. Fort en arithméti-
que et en histoire, il savait également attraper des écureuils et planter du blé ; il faisait
avec la même rapidité des vers et des man-
ches de houe, dévidant du fil et ôtant les
taches de graisse aux robes des douairières,
faisant des bouquets et des jouets pour les
jeunes filles. Enfin, maître James circulait
dans le village

.... victorieux,
Content et glorieux ;

bienvenu et privilégié chez tous ; et lorsqu'il
avait raconté sa dernière histoire de fantô-
mes et quitté la veillée dans une maison à
la fin d'une longue soirée d'hiver, vous eus-

siez pu lire sur le rude visage du bonhom-
me de la maison, encore tout épanoui de
son dernier bon mot, le plaisir qu'il avait
éprouvé, et vous l'eussiez entendu s'écrier,
dans le paroxysme de l'admiration, que
James enfonçait tous les gars du village...
et qu'il était certainement un merveilleux
jeune homme.

Les fonctions de maître d'école étaient
excessivement contraires à l'activité de son
esprit. Il y avait en outre en lui tant de dispositions conformes à l'esprit de ses élèves,
qu'il ne pouvait être bien sévère contre les
sottises des petites têtes frisées qu'il avait à
conduire ; et lorsqu'il voyait chaque petit
cœur bondir et s'épancher au dehors en
turbulence et en malice, il se sentait plus
enclin à se joindre à eux et à partager leurs
jeux qu'à les ramener dans la ligne du devoir. Il eût fait en somme un pauvre magis-
ter s'il n'avait trouvé moyen d'utiliser l'activité de son esprit à diriger celle de ses

élèves vers le travail et l'étude ; de sorte qu'il y avait plus de dispositions au travail dans l'âge d'or de James Benton qu'à l'époque antérieure et postérieure où l'école fut dirigée par d'autres que lui.

Mais lorsque la classe était terminée, l'ardeur de James s'épenchait au dehors comme l'écume bouillonnante du champagne. Il sautait par dessus les bancs et s'élançait au dehors avec l'élan juvénil du plus fougueux d'entre ses élèves. Vous eussiez pu le voir marchant à droite et à gauche avec une franche expression de galeté et de contentement, cueillant ici une grappe de groseilles, là une fleur, ou s'arrêtant pour rendre ses devoirs à ma tante A ou à madame B, car James connaissait l'importance des autorités de famille, et se rangeait toujours sous le soleil des douairières.

Il est juste qu'après avoir consacré un assez long chapitre à l'illustration de notre héros, nous songions à introduire l'héroïne ;

nous réclamerons en conséquence l'attention et l'indulgence du lecteur.

Voyez-vous là-bas ce brun chalet, avec toit inclinant d'un côté vers la terre et sa terrasse au dessus de la porte d'entrée ? Vous avez dû souvent vous arrêter devant pour voir sa flèche élancée se fondre dans le ciel bleu, ou pour regarder le matin les lits de plumes et les oreillers placés au soleil en dehors des fenêtres. Vous vous rappelez la grille retenue par une chaîne incrustée dans la pierre, la fenêtre de la paneterie avec les petites traverses brunes, ouvrant sur un champ de fèves ; les zéphyrs jouant à travers les gousses de pois, ou inclinant les longues tiges de ses champs de blé, mais rencontrant une résistance passive au dessous des majestueux plants de choux ; puis tout l'entourage de betteraves aux feuilles empourprées et de panais, les touffes de groseillers le long des palissades et entremêlées de coings ; plus loin, dans un coin du verger, une délicieux petit jardin consacré aux fleurs, parsemé de boutons d'or, de pivoines et de rosiers.

C'est la demeure du père Timothy Grinwold. Le père Tim, comme on l'appelle communément, avait un caractère qu'un peintre eût exquissé pour le contraste d'ombres et de lumières plutôt que pour sa régularité. Plein de ronces et d'aspérités au dehors, et plein de bontés substantielles au dedans, il possédait le sens pratique rude, la sagesse calculatrice des gens de la Nouvelle-Angleterre ; le fond du cœur était excellent, mais son caractère présentait un ensemble de pétulence bourrue qui colorait tout ce qu'il disait ou faisait un mélange de plaisanteries et de brusqueries.

Si vous aviez un service à demander au père Tim, il discutait avec vous une demi-heure pour vous faire prouver que vous en aviez réellement besoin, et pour vous dire qu'il ne pouvait pas passer sa vie à aider l'un et l'autre. Cependant vous le voyez se préparer à satisfaire à votre demande, puis conclure par ces mots : Bien, bien... Je suppose que je dois vous assister... mais ne vous adressez pas à vos voisins quand vous pouvez vous tirer d'affaire tout seul. Si quelques voisins se trouvaient dans la peine, il était toujours là pour les blâmer, leur dire qu'ils auraient dû s'y prendre autrement, qu'il était étonné de leur trouver si peu de bon sens ; et il terminait ses exhortations par quelque secours qui les tirait d'embarras, maugréant dans son esprit que tant de gens vinssent le tourmenter.

— Père Tim, mon papa m'envoie vous demander de lui prêter votre houe pour aujourd'hui ? dit un petit garçon qui accourt à travers champs.

— Pourquoi votre père ne se sert-il pas de la sienne ?

— Elle est cassée !

— Cassée ! et comment cela ?

3

— Je l'ai cassée hier en cherchant à attraper un écureuil.

— Qu'aviez-vous besoin, mon petit drôle, de prendre une houe pour attraper un écureuil, dites ?

— Mais papa veut emprunter votre houe.

— Pourquoi ne raccommode-t-il pas la sienne ? C'est la peste que de voir tout le monde se servir de vos ustensiles.

— J'en trouverai une ailleurs si vous ne voulez pas, dit l'enfant qui traversait lentement la terre labourée jusqu'à ce qu'il fut auprès de la haie.

Alors le père Tim l'appelle :

— Hé ! petit coquin ! pourquoi vous en allez-vous sans la houe ?

— Je croyais que vous ne vouliez pas me la prêter.

— Je n'ai pas dit cela ! Allons, venez la chercher... Attendez, je vais vous la porter, et dites à votre père de ne pas vous laisser une autre fois chasser les écureuils avec sa houe.

La famille du père Tim se composait de la mère Sally, sa femme, et d'un fils et d'une fille ; le fils, à l'époque où commence notre histoire, était dans une institution académique du voisinage. La mère Sally était précisément aussi facile à se laisser cajoler que le père Tim l'était peu. C'était une de ces bonnes vieilles, respectable et gaie, que l'on rencontrait tous les dimanches sur le chemin de l'église, un grand éventail d'une main, et son livre de prières de l'autre, ayant toujours dans ses poches quelques friandises pour tenir les enfants éveillés pendant le service. Gaie et bonne ménagère, elle glissait sur les aspérités du père Tim, comme s'il eût eu le caractère le plus égal du monde ; miss Grâce, sa fille unique, possédait exactement la même influence salutaire sur les rugosités du caractère paternel.

Jolie dans sa personne, ses manières agréables, son caractère vif, aimant, un peu

3.

volontaire, mais bon au fond, faisaient de
miss Grâce la favorite universelle des gens
du village. Une dame de la ville n'eût jamais
pu comprendre comment Grâce, qui n'était
jamais sortie de son village, pouvait agir,
parler et se conduire en toute occasion
comme si elle avait appris méthodiquement
à le faire ; fleur sauvage que vous rencon-
trez dans les bois, et que vous trouvez si
parfaite, si suave, si complète dans sa beauté, que vous êtes surpris de ne pas retrou-
trouver dans votre jardin ! Habile à toutes
les choses de ménage, c'était un plaisir de la
voir aller et venir pour mettre tout en ordre
dans la maison. Comme tant d'autres de-
moiselles, après avoir épuisé les fontaines
littéraires d'une école de canton, elle en était
réduite à lire tout ce qui lui tombait sous la
main. C'était peu, mais elle trouvait dans
ses propres pensées des conséquences à
tirer de ses lectures, qui charmaient toute
personne amenée à causer avec elle.

Le père Tim ressentait, comme tout le monde, l'éclat magique de sa fille, et se glorifiait de ses louanges par cela même qu'il recherchait souvent l'occasion de dire qu'il ne savait pas pourquoi on admirait tant Grâce, car elle n'avait rien d'extraordinaire. Sur toutes choses Grâce l'emportait, bien que son père accordât en grondant tout ce qu'on lui demandait.

— Mon père, disait Grâce, nous aurons une partie la semaine prochaine.

— Vous n'aurez pas de partie, mademoiselle. Vous me faites toujours manger des restes pendant quinze jours après vos réunions, et je n'en veux pas.

Le père Tim sortait, et la mère Sally et Grâce se mettaient à l'œuvre pour préparer les gâteaux et les tartes pour la partie projetée. Quand le père Tim rentrait, il trouvait sur la table de la cuisine des rangées de gâteaux et de tartes.

— Grâce, Grâce ! que veut dire tout ce gâchis-là ?

— C'est pour manger, mon petit père, disait Grâce avec un charmant sourire.

Le père Tim s'efforçait de paraître fâché ; mais un regard de sa fille faisait fondre l'orage, et il prenait paisiblement place à son dîner.

— Mon père, dit Grâce après le dîner, nous aurons besoin de deux chandeliers de plus pour la semaine prochaine.

— Ne pouvez-vous donc pas donner votre soirée avec ce que vous avez déjà ?

— Non, mon père ; il nous en faut encore deux.

— Mes moyens ne me le permettent pas, Grâce. Ainsi vous vous en passerez.

— Oh ! papa, je vous en prie, dit Grâce.

— Non, non, je ne veux pas, insiste le père Tim, qui sort de la maison et se dirige vers le magasin de Robert Morries.

Au bout d'une demi-heure il est de retour,

et fouillant dans l'une de ses poches, il en tire un chandelier qu'il présente à Grâce.

— Voilà votre chandelier.

— Mais, père, je vous ai dit qu'il m'en fallait deux ?

— Est-ce que, par hasard, un seul ne pourrait pas faire ton affaire ?

— Non, j'en ai besoin de deux.

— En ce cas, voici l'autre, dit le père Tim fouillant dans l'autre poche ; et voici un ruban pour mettre autour de votre cou.

C'était à peu près ainsi que tout se passait dans le chalet brun.

Il est temps actuellement de reprendre le fil de notre histoire.

James pensait que miss Grâce était une belle fille ; et pour ce qui est de savoir ce que pensait mis Grâce sur le compte de James, nous eussions été embarrassés de le dire si elle n'avait été obligée de se tenir sur la défensive pour lui devant le père Tim ; car du moment que le père Tim entendit célébrer les louanges de James par tout le village, il lui montra un visage de pierre, rien que pour ne pas avoir l'air de partager l'opinion des gens du pays. Il se fit donc une conscience de contredire vigoureusement tout ce qui se disait de favorable à James, et les occasions ne lui manquaient pas, attendu que James était en grande faveur auprès de la mère Sally.

Il suffit pour miss Grâce que son père n'aimât pas M. James comme il aurait dû le faire pour qu'elle se crût obligée d'établir la compensation. Ce qu'il y a de certain, c'est qu'ils étaient très heureux de toutes les occasions de se voir ; c'est que James venait la voir en sortant de sa classe, qu'il lui fit une nouvelle caisse pour son géranium, et que par dessus tout il était très attentif dans les soins pour la mère Sally, ce qui dénotait chez lui un génie naturel pour l'intrigue. James possédait une flûte à laquelle il tenait beaucoup, parce qu'il avait appris d'instinct à en jouer, et qu'à la mort du vieux ménétrier il l'avait remplacé avantageusement. Tant de qualités réunies, loin de séduire le père Tim, l'avaient au contraire indisposé contre lui.

A toutes les bonnes paroles de Sally il répondait qu'il ne l'aimait pas ; qu'il le voyait partout se glorifiant et agissant en maître ; que tout cela lui déplaisait. Mais notre héros ne se laissait pas abattre pour si peu.

— Ma foi, James, lui disait son conseiller intime, croyez-vous que Grâce vous aime ?

— Je n'en sais rien, répliquait notre héros avec un air assez sûr de son fait.

— Mais vous ne pouvez pas l'épouser, James, si le père Tim vous est contraire ?

— Fadaises que tout cela ! Le père Tim m'aimera quand je voudrai.

— En tout cas, James, il vous faudra renoncer à votre flûte, je vous le garantis.

— Fa, sol, la. Il m'aimera, et ma flûte aussi.

3..

— Comment vous y prendrez-vous ?

— J'y songerai.

— Je vous assure, James, que vous ne connaissez guère le père Tim, si vous espérez le fléchir.

— Je connais le père Tim mieux que bien des gens ; il n'est pas plus colère que moi ; il n'y a pas autre chose à faire avec lui que de lui laisser croire qu'il est dans son chemin, tout en l'entraînant d'un autre côté ; voilà tout.

— C'est possible, dit l'autre ; mais je n'y crois pas.

— Je vous parie un écureuil gris que j'y vais ce soir, et que je me fais agréer par lui, moi et ma flûte.

Le dernier rayon du soleil couchant se reflétait le soir même dans les boutons d'or de l'habit de James comme il se rendait sur le lieu du combat. La soirée était belle, et succédait à un orage, qui n'avait laissé comme trace de son passage, que des perles limpides à toutes les feuilles des arbres. Les pinsons et les rouges-gorges suspendus, éclatant en chansons, rendaient la petite vallée gaie comme une boîte à musique.

L'âme de James surabondait toujours de cette sorte de poésie qui consiste à se trouver incontestablement heureux ; il n'était donc pas extraordinaire qu'il éprouvât une double extase dans cette occurrence. Il s'avançait gaiement, sautant par dessus une haie à droite pour voir si la pluie avait grossi le ruisseau aux truites, ou à gauche pour voir l'état de maturité des melons de M. un tel ; car James s'intéressait aux affaires de ses voisins comme aux siennes propres.

Il s'avança ainsi jusqu'à la haie qui marquait le commencement des terres du père Tim, et où il s'arrêta pour réfléchir ; justement quatre ou cinq moutons rôdaient autour des haies, cherchant à profiter d'un piquet tombé pour aller brouter l'herbe du père Tim. Allez, allez, mes petits moutons, c'est là ce que je cherchais ; entrez. Et ayant attendu un moment pour s'assurer que tous les autres allaient suivre leur conducteur, il se mit à courir d'un air effaré du côté de la maison, et jetant la barrière ouverte, il s'arrêta hors d'haleine devant la porte.

— Père Tim, quatre ou cinq moutons sont entrés dans votre jardin. Celui-ci laissa échapper de ses mains la pierre à aiguiser. Attendez, je vais les chasser, dit notre héros ; et il redescendit l'allée du jardin, fit une sortie désespérée sur l'ennemi, jusqu'à ce que les moutons eussent sauté dehors, plus vite qu'ils n'avaient sauté dedans ; puis, sautant par dessus la palissade, il saisit une forte pierre, et enfonça le piquet de manière qu'aucun mouton ne pût de nouveau se frayer un passage. Tout cela fut l'affaire d'une minute, et il était de retour ; mais tellement essouflé, qu'il fut obligé de s'arrêter pour reprendre haleine. Le père Tim avait l'air disgracieusement satisfait.

— Pourquoi, diable ! vous mettre à galoper ainsi ? dit-il ; j'aurais pu chasser ces bêtes aussi bien que vous.

— Si vous tenez absolument à les chasser vous-même, je vais les faire rentrer, dit James.

Le père Tim le regarda d'un air sucre et vinaigre.

— Je suppose que je dois vous prier d'entrer, dit-il.

— Bien obligé, dit James ; je suis pressé. il se dirigea d'un air affairé vers la barrière.

— Vous feriez mieux de vous reposer une minute.

— Pas moyen.

— Je ne vois pas ce qui vous tient d'être si pressé ; on croirait que vous avez toute la création sur vos épaules.

— C'est justement cela, père Tim, dit James ouvrant la barrière.

— Vous vous arrêterez bien pour boire un

verre de cidre, dit le père Tim, qui commençait à s'entêter.

James crut devoir accepter l'invitation, et le père Tim fut de bien plus belle humeur que s'il eut accepté tout d'abord.

Une fois introduit dans la place, James pensa qu'il pouvait bien oublier la longue promenade et l'excès de ses affaires, surtout que dans ce moment la mère Sally et miss Grâce rentraient de retour d'une visite. On pense que la dernière chose à laquelle ces dames s'attendaient, c'était de trouver le père Tim en tête-à-tête devant un pot de cidre; miss Grâce en resta un quart d'heure à dénouer les rubans de son chapeau; James joua son rôle d'homme aimable dans la perfection. Il descendit au jardin pour admirer les merveilleux plants de choux. Il parcourut le champ de blé, s'arrêtant devant les épis comme s'il n'en avait jamais vu d'aussi beaux; puis il tomba en extase devant le pommier favori du père Tim.

— Quel magnifique pommier ! s'écria-t-il enfin ; où l'avez-vous eu ? Je n'ai jamais vu d'aussi belles pommes.

Le père Tim arracha quelques herbes qu'il jeta par dessus la haie pour affecter un air indifférent, puis il s'approcha de James :

— Il n'y a rien d'extraordinaire, répliqua-t-il.

Grâce vint annoncer que le souper était prêt. L'assurance parfaite de James ne se démentit pas un seul instant avec son hôte. Le moyen le plus sûr de se faire aimer des gens est souvent de se persuader à soi-même qu'ils vous aiment déjà, et ce fut d'après ce principe que James se conduisit. Il parla, fut gai, raconta des histoires avec un aplomb imperturbable, provoquant l'approbation du père Tim par un regard empreint de bon vouloir, à faire fondre une montagne de glace renfermant tous les préjugés de ce monde.

James possédait une rare qualité diploma-

tique, celle de se prendre lui-même d'un vif
intérêt pour le premier venu dans l'espace
de cinq minutes; de sorte qu'il commençait
à chercher à plaire pour s'amuser, et finissait par prendre son rôle au sérieux. Avec
une grande simplicité d'esprit, il était doué
d'un tact naturel pour lire dans le cœur des
autres, et il épiait leurs mouvements avec
la curiosité d'un enfant qui examine le res-
sort et les roues d'une montre pour en connaître les résultats.

Les manières rudes et la bonté cachée du
père Tim étaient un sujet d'étude pour un
esprit observateur; après le thé, James et
Grâce se trouvant réunis *par hasard* devant
la porte, le premier s'écria :

— J'aime réellement votre père, Grâce.

— n vérité ?

— Oui, je l'aime. Il a quelque chose au
fond de son cœur qu'il faut aller chercher,
c'est justement là ce qui me plaît en lui.

— Eh bien ! j'espère que vous vous ferez

aimez de lui, dit Grâce assez étourdiment;
puis elle s'arrêta toute honteuse.

James, trop bien élevé pour avoir l'air de
chercher à deviner, répondit simplement.

— J'espère y réussir, Grâce; mais je doute
qu'il veuille jamais en convenir.

— C'est le meilleur cœur qui ait jamais
existé, dit Grâce; mais il agit toujours
comme s'il en avait honte.

James se recula de quelques pas, contempla le beau ciel du soir qui resplendissait
comme une mer d'or, avec sa lune d'argent,
conduite par une sémillante étoile. Il secoua
quelques gouttes de rosée d'un bouquet de
fleurs, pour compter les perles qui s'en échap-
paient, tandis que Grâce attendait paisiblement qu'il reprît la parole.

— Grâce, dit-il enfin, je pars pour le collège cet automne.

— Vous me l'avez dit hier, dit Grâce.

James se pencha sur le géranium, et se
mit à en arracher les feuilles mortes pendant
qu'il continuait :

— Et si je parviens à me faire aimer de lui, Grâce, m'aimerez-vous aussi ?

— Je vous aime déjà très-bien, dit Grâce.

— Voyons, Grâce, vous devez me comprendre, dit James les yeux fixés en l'air vers la tête du pommier.

— Je désire que vous me compreniez vous-même, sans qu'il soit nécessaire de vous en dire davantage, répliqua Grâce.

— Oh! sans doute! cela me suffit! dit notre héros, dont l'œil pétillait d'intelligence.

Comme l'eût dit la mère Sally, la chose fut entendue sans nécessiter plus de paroles.

Notre héros apercevant dans le moment le père Tim, qui s'approchait de la porte, résolut de faire un coup d'audace. Il tira sa flûte de sa poche, en ajusta les morceaux ensemble avec le plus grand sang-froid.

— Père Tim, dit-il levant les yeux, voilà bien la meilleure flûte que j'aie connue.

— Je déteste tous ces instruments, dit le père Tim d'un ton aigre.

— Cela m'étonne, je vous assure, dit James, cela vaut mieux.

Il approcha l'embouchure de ses lèvres et parcourut une série de gammes.

— Que pensez-vous de cela, voyons? dit-il regardant le père Tim avec joie.

Le père Tim lui tourna le dos et rentra dans l'intérieur de la maison; mais Il reparut aussitôt pendant que James exécutait l'air national des descendants des puritains « Yankee Doodle! »

Le patriotisme du père Tim commença de s'éveiller; et il admira secrètement avec quelle rapidité James faisait courir ses doigts.

— Comment sous le soleil avez-vous appris toute cela? dit-il.

— C'est assez facile, répliqua James, qui commença un autre air; et après l'avoir joué, il s'arrêta pour rajuster son instruments; et s'adressant au père Tim :

— Vous ne sauriez croire comme ceci est

commode pour trouver un air. Je m'en sers tous les dimanches.

— Je ne trouve pas que ce soit un instrument convenable' pour la maison du Seigneur.

— Pourquoi pas? ce n'est qu'une sorte de hautbois, vous voyez, et puisque celui-là est cassé, c'est pour le remplacer. Cela vaut toujours mieux que rien.

— Ça vaut peut-être mieux que rien, répliqua le père Tim; mais j'ai toujours dit à Grâce et à ma femme que ça n'était pas l'instrument qu'il fallait; il n'est pas assez solennel.

— Solennel, ça dépend comment on s'en sert; écoutez ceci?

Et il entama l'un des cantiques de l'Eglise, qu'il exécuta jusqu'au bout avec une persévérance exemplaire.

— Enfin c'est possible; mais comme je vous l'ai déjà dit, je n'aime pas à voir cet instrument dans une assemblée religieuse.

— Mais vous concevez que cela vaut mieux que rien, dit James ; car, voyez-vous, sans ma flûte, je ne pourais pas retrouver tous mes airs.

— C'est possible, mais cela ne veut pas dire beaucoup.

C'en était néanmoins assez pour James, qui partit bientôt après, sa flûte dans sa poche et les dernières paroles de Grâce dans le cœur, murmurant en lui-même en fermant la barrière : — C'est fait, maintenant ; mais pourvu que la mère Sally n'aille pas faire mon éloge... Si elle a ce malheur, j'aurai tout à recommencer.

Les appréhensions de James, étaient fondées. On pouvait bien secrètement convertir le père Tim, mais non l'amener à un aveu direct ; et le lendemain matin, quand la mère Sally lui dit dans la bonté de son cœur :

— Je savais bien que vous finiriez par aimer James.

Le père Tim répondit : — Qui vous a dit que je l'aimais ?

— Mais enfin vous paraissiez l'aimer hier au soir.

— Je ne pouvais pas le mettre à la porte, bien sûr ! mais je ne pense pas autrement de lui qu'avant.

Malgré cette dénégation, il était évident que la glace était rompue entre lui et James ; seulement elle eût mis une temps infini à fondre, sans des incidents qui vinrent y apporter leur concours.

A peu près vers la même époque, Georges Griswold, le fils unique dont nous avons parlé, rentrait dans son village après avoir complété ses études théologiques dans une institution voisine. Il n'y a rien de plus intéressant que de suivre les développements de l'esprit et du cœur du moment où l'enfant aux cheveux blonds quitte son village pour le collège jusqu'au retour du jeune homme sérieux et instruit. Ce changement était re-

marquable chez Georges : enfant taciturne
et phlegmatique en apparence lorsqu'il était
parti pour le collège, ne trahissant sa sensibilité que par la rougeur qui colorait son
front, et son air stupéfait quand quelqu'un
lui adressait la parole. Les vacances s'étaient
succédé en ramenant chaque fois un être
considérablement changé; et l'enfant qui
jadis se cachait du diacre et était près de
tomber en syncope quand il se trouvait en
présence du ministre, causait aujourd'hui
avec tous les dignitaires de l'endroit en toute
supériorité de maintien et d'intelligence.

Il n'y avait à regretter chez lui que le déclin
des forces physiques, qui semblaient suivre
la route contraire à celle de l'intelligence et
décroître tous les jours, le laissant plus pâle,
plus maigre et moins préparé de corps pour
·la profession sacrée à laquelle il s'était voué.
Cette fois il revenait ministre, un vrai ministre ordonné, ayant le droit de monter en
chaire et de prêcher. Quelle joie et quelle

gloire pour la mère Sally, et pour le père Tim, s'il n'avait honte de la laisser voir !

Le premier dimanche après son retour, tout le village et les communes environnantes savaient que Georges Griswold allait prêcher son premier sermon, et tous accoururent pour l'entendre.

Au moment de la lecture du premier psaume, toutes les têtes blanches se tournèrent du côté du pupitre, et les vieilles dames se penchèrent pour le voir se lever. Les enfants regardaient parce que tout le monde regardait. Le père Tim, assis dans une stalle sur le devant, composait son visage; la mère Sally était contente et émue, comme toute mère en pareille circonstance; et miss Grâce tournait son joli visage vers son frère, comme une fleur vers le soleil. Notre ami James montrait dans la galerie son joyeux visage légèrement tempéré par l'émotion et l'attente. Enfin jamais audience plus attentive n'accueillit les premiers efforts d'un jeune ministre; tout le monde était ému de crainte et de sollicitude.

La poésie religieuse de sa prière, enrichie par le style oriental des saintes Ecritures, et l'éloquente expression d'une sensibilité contenue, circula dans l'auditoire, comme une musique céleste. Son sermon fut empreint de cette puissance intellectuelle qui donne à la parole une clarté de logique et d'argumentation qui distingue les sermons d'un ministre de la Nouvelle-Angleterre.

Lorsque le service fut terminé, la congrégation se dispersa lentement, emportant l'impression du cœur plutôt que le sens des paroles, et n'ayant d'autre critique à faire que celle du vieux Hart, un homme juste et intelligent, qui s'arrêtant sous le porche de l'église et regardant avec vénération le jeune prédicateur, s'écria, les larmes s'échappant de ses yeux :

— C'est une créature bénie de Dieu ; je n'ai jamais été si près du ciel qu'aujourd'hui ;

c'est une créature bénie de Dieu; voilà mon opinion sur son compte.

Notre ami James tomba d'abord dans un quiétisme parfait, puis il se sentit ému, puis il pleura avec toute sa vivacité versatile. James possédait un grand fond de sensibilité et de capacités morales dont il ne se doutait pas lui-même. Il ressentit aussitôt pour l'esprit qui avait réveillé en lui tant de nouvelles émotions, une sorte d'attraction galvanique, et aussitôt que le jeune ministre fut descendu de la chaire, il marcha droit à lui.

— Je désire en apprendre davantage de vous, dit-il avec une expression sincère; me permettez-vous de marcher avec vous?

— La route est longue et chaude, dit le ministre en souriant.

— Oh? cela ne m'inquiète pas, dit James, si je ne vous suis pas opportun.

Cette faveur lui ayant été accordée, on put les voir s'avancer lentement sous les arbres, James épanchant au dehors des flots de questions et de problèmes, qu'il eût fallu un mois au moins pour résoudre.

— Je ne puis actuellement répondre à toutes vos questions, dit Georges arrêté devant la barrière du père Tim.

— Quand le pourrez-vous, alors ? demanda ardemment James. Me permettez-vous de rentrez avec vous ce soir ?

Le ministre y consentit par un sourire, et James absorbé par une foule de pensées nouvelles qui ne lui permirent pas de voir Grâce assise à quelques pas de lui. De ce moment data pour les deux jeunes gens une amitié qui fut l'image illustrée des affinités par opposition. C'était une alliance entre le matin et le soir ; d'un côté fraîcheur et soleil, de l'autre douceur et paix.

Le jeune ministre, épuisé par un mauvais état de santé, par l'ardeur de ses propres sentiments et la gravité de ses pensées, trouvait un certain charme à retremper son esprit à la légèreté saine d'un esprit encore neuf et plein de vigueur ; tandis que James devenait meilleur sous la placidité céleste de son ami. L'ascendant que son nouvel ami avait tout à coup pris sur son esprit était illimité, et réussit à développer en un mois les trésors de son intelligence, mieux que ne l'eussent fait en quatre ans les leçons du collège.

La sensation des succès du jeune ministre sur les paroissiens fut profonde et générale, et dut satisfaire la sollicitude de son cœur. Mais comme toutes les émotions vives sont suivies d'une réaction, il ne tarda pas à sentir décliner en lui les forces de la vie. Georges sentit toute l'amertume que lui causait la déception de tant de travaux précieusement élaborés, et qui allaient s'éteindre avec lui. Mais il souffrit plus encore des déceptions qui attendaient ses parents.

Il ne pouvait voir sans une tristesse mortelle sa bonne mère suspendue aux paroles qu'il prononçait en chaire, et s'attacher à ses pas lorsqu'il sortait, pour lui adresser des regards empreints d'une joie enfantine, ou son père si original, dont toute l'ambition terrestre se renfermait actuellement dans ses succès, sans songer que la lampe de leur vieillesse allait bientôt s'éteindre.

Grâce trouva son frère absorbé par ces lugubres présages, par une matinée d'automne, la tête appuyée contre la grille du jardin.

' — Que faites-vous là, mon frère, à méditer ainsi par ce brillant soleil ? s'écria la jeune fille bondissante comme une gazelle.

Le jeune homme se détourna, et souriant tristement à ce gai visage :

— Vous êtes heureuse, Grâce ! dit-il.

— Sans doute ! et vous devriez l'être aussi, puisque vous allez mieux ?

— Je suis heureux, Grâce ; c'est-à-dire j'espère l'être un jour.

— Vous êtes malade, je le vois, mon frère ; vos traits sont fatigués. Oh ! si votre cœur

4.

pouvait s'élancer de nouveau dans la vie avec la vivacité du mien !   .

— Je ne me sens pas bien, Grâce ; et, je le crains, je ne m'en relèverai pas, dit-il détournant les yeux pour les reporter sur les feuilles d'automne qui tombaient des arbres.

— Georges, cher Georges, ne dites pas cela, vous nous briserez nos cœurs à tous, dit Grâce en pleurant.

— Ce n'est que trop vrai, ma sœur ; je ne le redoute pas pour moi... mais pour... Mais nous nous retrouverons dans le ciel.

Une semaine après cette conversation, un froid sec et vif accéléra les progrès du mal avec une effrayante rapidité. Il déclina subitement. Sa mère, conservant l'illusion d'un cœur aimant et enjoué, crut jusqu'au dernier jour qu'il se rétablirait ; et le père Tim résistait à l'évidence avec la persistance obstinée de son caractère, tandis que le malade ne trouvait pas dans son cœur le courage de les détromper.

James ne quittait pas la maison d'un seul jour, déployant toute son énergie et tous ses soins pour soulager son ami. Qui l'eût connu dans ses jours de gaîté et d'insouciance, ne l'eût certes pas reconnu dans ce jeune homme grave, à l'air attentif, marchant sans bruit autour de la chambre, dont la voix et le toucher étaient doux et légers.

Un matin, le crépuscule commençait à poindre dans la chambre du malade. Georges avait passé une nuit agitée et fiévreuse ; mais il venait de tomber dans une légère somnolence, et James était assis à son chevet, retenant sa respiration pour ne pas l'éveiller. Les étoiles disparaissaient une à une du firmament, ne laissant derrière elles que l'étoile du matin, dont la lueur bleue pénétrait dans la chambre comme l'œil de notre Père céleste, qui veille sur nous lorsque les amitiés terrestres pâlissent.

Georges ouvrit les yeux avec une expression de calme céleste, et son regard s'arrêtant sur le ciel radieux, il murmura d'une voix faible :

L'Aurore immortelle répand ses sourires et ses teintes rosées sur les sphères célestes.

Une ombre passa sur ses yeux, d'où s'échappèrent des larmes qui tombèrent en silence sur l'oreiller.

— Georges, cher Georges, qu'avez-vous ?

— Ce sont mes amis... mon père, ma mère, dit-il d'un son de voix presque inintelligible.

— Dieu veillera sur eux, dit James avec douceur.

— Je le sais, car il aime tous ses enfants. Mais. . je vais mourir... avant d'avoir fait du bien sur la terre.

— Ne dites pas cela, Georges, dit James ; songez seulement à ce que vous avez fait pour moi. Dieu vous en récompensera, et me gardera une place auprès de vous. Je ferai ce que vous projetiez de faire, Georges, pour vos semblables : j'y consacrerai ma vie, mon âme, toutes mes forces, et vous n'aurez pas demeuré pour rien sur la terre.

Georges sourit, ses yeux errèrent dans le ciel ; on eût dit un ange prêt à remonter auprès de Dieu. James continua.

— Nous vous bénissons tous dans cette maison, et votre image restera éternellement gravée au fond de notre cœur.

— James, il faut avertir mon père et ma mère... mais je n'ose.

La porte s'ouvrit, et le père Tim entra. Il resta atterré de la pâleur de Georges, et s'approchant du lit, vint lui tâter le pouls, puis posa sa main sur le front du malade, puis enfin, cherchant à éclaircir sa voix, il lui demanda s'il se sentait un peu mieux.

— Non mon père, dit Georges ; puis lui prenant la main, il le regarda d'un air inquiet, et parut hésiter un moment.

— Mon père, dit-il enfin, vous savez que nous devons nous soumettre aux décrets de la Providence ?

Il avait une sublimité d'expression dans la physionomie qui pénétra l'esprit du vieillard d'un rayon de vérité. Celui-ci poussa un cri d'angoisse, et laissa retomber la main de son fils. Il quitta la chambre.

— Qu'avez-vous, mon père? dit Grâce essayant d'attirer son attention pendant qu'il restait les bras croisés devant la fenêtre de la cuisine.

— Laissez-moi, dit-il brusquement.

— Ma mère dit que le déjeuner est prêt.

— Je n'ai pas faim, dit-il; et, s'élançant par la porte, il disparut au dehors.

Il est heureux pour l'homme que Dieu se manifeste à lui aussi bien dans sa compassion pour les faiblesses de sa nature que par la puissance de ses merveilleuses créations. Néanmoins, le père Tim, malgré toutes ses singularités, avait au fond du cœur un profond sentiment religieux. Dans ce moment d'épreuve, toute l'obstination du vieillard se roidissait contre l'évidence, mais il luttait en vain contre les élans de la nature et de la sympathie du cœur.

Ce fut vers l'après-midi du dimanche suivant qu'on vint le chercher pour se rendre dans la chambre de son fils, dont la dernière heure venait de sonner. Lorsqu'il entra, toute la famille se trouva rassemblée : Grâce et James penchés sur le lit du mourant, et la mère, assise à distance, la tête cachée dans son tablier, et pleurant pour ne pas voir mourir son enfant. Le respectable ministre priait avec la Bible ouverte devant lui. Le père s'approcha du lit, et contempla ces traits déjà éclairés par l'auréole d'immortalité. Le moribond ouvrit les yeux, reconnut son père, et lui tendit la main.

— Je suis content que vous soyez venu.

— Pitié, Georges, pitié ! Ne me souriez pas ainsi... je ne saurais prier.

La chambre avait déjà le silence de la mort... Enfin le fils répéta d'une voix douce ces paroles : Ne laissez pas la douleur pénétrer votre cœur; il y a place pour tous dans la maison de mon Père. Puis, se tournant vers le ministre : Priez pour nous ! furent ses dernières paroles, et son âme s'envola vers le ciel.

Pourquoi s'appesantir sur ce qui suivit ? Le grain semé par le juste fleurit et produit au delà de la tombe. Il en fut ainsi des paroles de paix que laissa ce saint homme au cœur de ses amis; ils s'en souvinrent après sa mort, et se montrèrent résignés et soumis.

— Le Seigneur soit avec lui, dit le père Tim ; je crois qu'il emporte mon cœur avec lui, et qu'après tout le Seigneur fait bien tout ce qu'il fait.

Notre ami James devint plus que jamais la consolation de la famille, et le vieillard reporta involontairement sur lui l'affection que son fils avait laissée vacante.

— James, lui dit-il un jour, vous n'ignorez pas sans doute que je vous considère aujourd'hui comme mon fils?

— Je l'espère, répliqua simplement James.

— C'est bien. Vous partirez la semaine prochaine pour le collège; je ne veux plus que vous soyez maître d'école pour vivre. Je suis assez riche pour suffire à votre avancement... du moins si vous voulez être soigneux et studieux.

James connaissait trop bien le cœur du père Tim pour refuser une faveur qui portait en elle tant de consolation ; il accepta sans ostentation.

— Chère Grâce, dit-il à la jeune fille la veille de son départ, je suis bien changé, et vous aussi, depuis que nous nous connaissons; demain je vais vous quitter pour longtemps, mais je suis sûr...

Il s'arrêta pour mettre de l'ordre dans ses pensées.

— Oui, James, vous pouvez être sûr et

5

compter sur la réalisation de ce que vous ne pouvez exprimer...

— Merci, dit James; puis il ajouta d'un air pensif :

— Dieu me garde ! Je crois avoir assez de résolution pour ce que je vais entreprendre; mais, quoi qu'il advienne, je me dévouerai tout à Dieu et à mes semblables; et alors, Grâce, votre frère se réjouira dans le ciel et me bénira.

— Il vous a déjà béni, James, dit Grâce; je ne sais ce que nous serions devenus, si vous n'aviez pas été avec nous... Vous vivrez pour lui ressembler et pour faire autant de bien que lui, acheva-t-elle avec un visage radieux, qui pénétra James d'une sainte confiance en lui-même.

. . . .

Cinq ans plus tard, on citait James comme

un éloquent ministre de la contrée. Par une soirée d'automne, un grand et vigoureux vieillard cheminait sur la lisière du village de Farmington.

— Eh! là-bas! cria-t-il à un autre homme, de l'autre côté de la haie, quel est ce village?

— C'est Farmington, monsieur.

— Bon! Je voudrais savoir si vous avez entendu parler d'un garçon à moi, qui habite ici?

— Un garçon à vous... Qui est-il?

— Ma foi... j'ai ici un garçon, et j'ai pensé venir lui rendre visite.

— Mais comment l'appelez-vous?

— Ma foi, dit le vieillard renversant son chapeau en arrière, je crois qu'on l'appelle James Benton.

— James Benton? mais c'est le nom de notre ministre.

— Ah bien oui, c'est vrai! Quand j'y pense,

5.

je crois que c'est cela ; c'est le ministre. Mais cela ne l'empêche pas d'être mon garçon. Où demeure-t-il ?

Dans cette maison blanche que vous voyez -là, derrière la route, entourée d'arbres.

Au même instant, un grand bel homme s'avança derrière eux. Nous avons déjà vu cette physionomie, bien que le temps y ait imprimé un caractère plus grave ; mais nous y retrouvons toute la vivacité et la gaieté franche de James Benton dans l'accueil qu'il fait au vieillard.

— Je savais bien que vous ne pourriez rester longtemps éloigné de nous, dit-il avec toute la pétulance de la jeunesse et saisissant les deux mains du père Tim.

Ils s'avancèrent du côté de la grille ; un frais visage, où se peignait tout le contentement du bonheur et de la santé, les y attendait.

— Mon père ! mon cher père !

— Vous voulez me faire croire, Grâce, que vous êtes contente de me voir, dit le vieillard, dont les yeux démentaient les paroles.

— Mon père, l'autorité m'appartient pour quelques jours, dit-elle en l'entraînant vers la maison, ainsi pas de paroles méchantes ; ôtez votre chapeau et votre habit... et asseyez-vous dans ce fauteuil.

— Oh ! vous voilà, miss Grâce, avec vos vieux tours, commandant par-ci, ordonnant par-là. Enfin, puisque vous l'ordonnez, je m'assieds.

— Mon père, dit Grâce, comme le père Tim prenait congé de ses enfants après quelques jours de bonheur avec eux, le mois prochain vient la semaine de Noël : nous vous attendrons, vous et ma mère, pour la passer avec nous.

Le mois suivant, le père Tim et la mère Sally étaient installés au coin du foyer du ministre, les témoins heureux de tous les présents que, dans leur reconnaissance, les paroissiens apportaient en foule. Et le jour suivant, ils eurent le plaisir de voir monter en chaire leur fils adoptif, et d'entendre un sermon que tous proclamèrent le meilleur de ceux qu'il avait prêchés précédemment. Or comme ce commentaire se renouvelait à chaque nouveau sermon de James, on pense qu'il devait marcher à grands pas vers la perfection.

— Il y a dans la vie de ce monde beaucoup de choses enviables, dit le père Tim assis devant un bon feu et les yeux fixés sur la flamme bleue du charbon, si nous voulions seulement les prendre lorsque le Seigneur les place sur notre chemin.

— Oui, dit James ; et si nous nous bornons

à faire ce que nous devons, cette vie sera pour nous heureuse et bien remplie, et celle de l'éternité pleine de joie et de félicité.

AUGUSTA HOWARD

— Ainsi donc vous ne voulez pas signer ce papier ? dit Alfred Melton, son cousin, un beau jeune homme assis devant la table du milieu.

— Non pas, vraiment. Qu'ai-je à faire de ces gages vulgaires de tempérance ?

— Allons, cousin Melton, dit une jeune fille à l'œil noir et brillant, qui pendant le début de cette conférence était restée couchée sur un sofa ; je vous conseille de renoncer à catéchiser Edouard sur ce point. Comme dit Falstaff: « Il est un peu meilleur qu'un méchant.» Il ne faut pas perdre avec lui vos admirables raisonnements sur la tempérance.

— Sérieusement, mon brave Melton, reprit Edouard, toutes ces affaires de signature, de cachet et d'engagement sont inutiles pour moi. Mes habitudes passées et présentes, ma position dans le monde, enfin tout ce qui m'entoure me garantit de la supposition que je puisse jamais devenir l'esclave d'un vice si dégradant ; il est donc inutile à moi de prendre l'engagement de m'en préserver... ce serait même, à mes yeux, fort humiliant. Quant à ce que vous me dites de mon influence, je suis d'avis que si chaque homme s'observait lui-même, il n'aurait pas besoin de solliciter la considération des autres. Cette notion moderne de faire reposer la responsabilité d'une société sur un seul homme ne sera jamais la mienne. C'est

pourquoi je décline d'y donner mon patro-
nage.

— Je déclare positivement, s'écria la jeune lady, que vous avez messieurs une persévérance admirable, vous avez agité cette
question jusqu'à me mettre hors de patience.
Je m'en empare, et je signe un gage de
tempérance pour Edouard. Je veillerai à ce
qu'il ne s'adonne pas à ces vilaines habitudes qui vous ont fait faire un discours si
pathétique.

— Je pense, dit Melton, que vous serez
pour lui le meilleur gage de tempérance
qu'il puisse avoir; mais, cousine, tous les
hommes ne sont pas si fortunés.

— Mon cher Melton, dit Edouard, consi-
dérant les garanties que je possède déjà, je
vous conseille d'honorer de votre éloquence
quelque pauvre diable moins favorisé que
moi.

— Quel excellent et désintéressé garçon

que ce Melton ! dit Edouard lorsqu'il fut
parti.

— Bon comme une longue journée, dit
Augusta, et assez prosaïque. Cette question
de tempérance est assommante, après tout.
On n'entend pas parler d'autre chose de nos
jours... Journaux de tempérance... sociétés
de tempérance... hôtels de tempérance...
jusqu'à des mouchoirs tempérance pour les
petits garçons. En vérité, le monde devient
immodérément tempérant.

— Mais avec la garantie que vous avez
offerte, Augusta, je ne redouterai pas la tentation.

Il y eut dans l'accentuation de cette phrase une certaine signification qui teignit en
pourpre les joues roses d'Augusta, et fit
marcher son aiguille avec plus de rapidité.
Au bout d'une heure de conversation tête à
tête, Edouard et Augusta avaient oublié
leur point de départ, et s'étaient égarés dans

le paradis des songes dorés de l'avenir, qui bercent la jeunesse et la beauté.

Mais arrêtons ici notre esquisse, et jetons un coup d'œil rétrospectif qui mette nos lecteurs à même de mieux juger de l'ensemble du tableau.

Edouard Howard avait su par ses qualités brillantes et ses manières séduisantes s'élever au premier rang dans la société de sa caste. Sans fortune, sans relations influentes de famille, il était devenu le héros des cercles où ces apanages sont réputés indispensables, et tous les priviléges et immunités exclusives de ces sociétés étaient entièrement à sa disposition.

Augusta Ellmore était célèbre dans la sphère des qualités féminines; orpheline, et habituée dès l'enfance à la libre possession d'une fortune indépendante, cette dernière considération ajoutait, sans aucun doute, à la puissance de ses grâces personnelles, pour lui procurer cette déférence flatteuse que réclament la richessse et la beauté. D'une intelligence supérieure qui n'avait pas eu l'occasion de se développer, elle avaitéchappé à lafrivolité et à l'égoïsme, ces deux fléaux des gens oisifs. Elle était plutôt faite pour commander et gouverner que pour obéir, et bien qu'elle ne fût guidée par aucun sens de responsabilité morale, son caractère la rendait supérieure à la société du monde fashionable.

L'expectative d'une alliance entre deux personnes qui paraissaient se convenir sous une foule innombrable d'affinités ne fut pas déçue. Quelques mois après l'entrevue déjà mentionnée, avaient lieu les fêtes et les festins de condoléance de leur brillant et heureux mariage.

Jamais deux jeunes époux ne commencèrent la vie sous des auspices plus favorables. Quel joli couple ! comme ils sont bien assortis ! disaient les commères... Ils étaient faits l'un pour l'autre, disait tout le monde, et c'est surtout ce que pensaient les deux jeunes mariés.

L'amour, qui devient un principe ardent et sobre chez les caractères de bonne trempe, les avait rendus réfléchis et circonspects, ils songeaient à l'avenir, et formaient des projets de bonheur durable dans cette vie, sans songer encore à la vie future.

Pendant une assez longue période de temps, leur amour absorba toute leur existence, et les tint éloignés de tentations du monde ; ils passèrent plusieurs saisons d'hiver dans la quiétude d'un intérieur somptueux, occupant leurs loisirs par le chant, la lecture, la musique, les souvenirs du passé et les rêves d'un long avenir, sans jamais se séparer. Mais, bien que cela soit contraire à la théorie du professeur de sentiment, il est un fait certain, avéré, c'est que deux personnes habituées aux distractions du monde ne sauraient trouver un charme éternel dans la solitude du tête-à-

tête, qu'elle que fût l'étendue de leur amour.
Au bout d'un certain temps, le jeune couple,
sans s'aimer moins pour cela, commença
de céder aux sollicitations pressantes qui
les appelaient à briller ensemble dans les
salons. Edouard sentit son cœur gonflé
d'orgueil en entendant les murmures d'admiration qui accueillirent la rentrée dans le
monde de sa gracieuse et adorable femme.
Et Augusta, lorsqu'elle entendit vanter
autour d'elle l'esprit et les talents de son
époux, ne put résister à la tentation de l'en-
traîner plus qu'il ne le désirait dans ces
cercles où tous deux voyaient se refléter les
louanges que leurs cœurs s'adressaient
mentalement.

Hélas! ils ignoraient tous deux les dangers
d'une constante surexcitation des facultés
de l'âme et de l'esprit, et qu'ils aventuraient
leur fortune de bonheur en l'éloignant du
foyer domestique.

L'homme ou la femme à qui ces excita-

tions habituelles deviennent indispensables
fait le premier pas vers sa ruine. La femme
éprouve bientôt une tristesse vague, un
ennui insurmontable des devoirs de la vie
domestique. L'homme sent bouillonner en
lui les esprits animaux, qui ruinent les forces
vitales du corps et de l'esprit.

Augusta, follement confiante dans la vertu
de son époux, ne vit aucun danger dans cette
suite constante de bals et de réunions qui
détournaient son attention des soins plus
graves de ses affaires, du perfectionnement
de son être moral, et de son propre amour
pour elle. Le grain, précurseur de la tempête,
pointait à l'horizon ; mais, confiante et légère,
elle n'y arrêta pas ses regards.

Ce ne fut que quand les soins et les devoirs
maternels la retinrent au logis qu'elle ressentit pour la première fois les symptômes
d'un changement dans la conduite de son
époux, bien que ce changement ne fût encore
sensible qu'à l'imagination, et ne s'annonçât

que par ce tressaillement prophétique qui révèle au cœur de la femme le premier ralentissement du pendule de l'affection.

Edouard se montrait toujours affectueux, caressant; et lorsqu'il avait pour elle ces petites attentions que réclamait son état, ou qu'il louait et embrassait son petit chérubin de garçon, elle était satisfaite, heureuse. Mais lorsqu'elle s'aperçut que sans elle le monde avait toujours le même attrait pour lui, le même entraînement, et qu'il pouvait la quitter pour en rechercher les plaisirs.
—Je ne suis certes pas assez égoiste, se disait-elle, pour vouloir le priver de plaisirs parce que je ne puis les partager avec lui. Mais pourtant il m'a dit une fois qu'il n'y avait pas de plaisir pour lui où je n'étais pas. Hélas! c'était donc vrai, ce que l'on me disait, que ces sortes d'affections profondes n'ont pas de durée!

Pauvre Augusta! elle ignorait encore outes les raisons qu'elle eût eues de craindre

Elle ne voyait pas les séductions qui entou-
raient son époux dans les cercles où aux
stimulants de l'esprit et des sens venait
souvent se joindre celui que cause l'abus
des spiritueux. Edouard s'était déjà fami-
liarisé avec cet état de surexcitation qui
touche aux premières limites de l'ivresse,
sans se douter qu'il était sur le bord de l'abîme. Le voyageur qui s'est arrêté aux chutes
du Niagara a dû remarquer la ligne argentée
qui marque la première pente imperceptible
de la nappe. Tout est brillant encore, et l'eau
qui pétille et rayonne au soleil, paraît plutôt
mue par un redoublement de puissance que
prête à s'engouffrer dans l'abîme. Ainsi la
première pente vers l'intempérance qui ruine
le corps et l'âme, n'apparaît que comme la
légéreté et la fraîcheur d'une vie nouvelle,
et le voyageur imprudent cède avec délices
aux ondulations de la barque qui le conduit
vers le gouffre béant où vont s'engloutir sa
raison et sa vie.

Ce fut à cette période de sa vie qu'il eût fallu à Edouard un ami courageux qui lui dessillât les yeux sur l'imminence du danger que lui seul ne voyait plus. Mais dans le cercle nombreux et *choisi* de ses connaissances, il n'avait pas d'amis. *Chacun pour soi*, était la maxime universellement adopté. Quelques têtes graves, il est vrai, s'agitaient et trouvaient regrettable qu'un jeune homme comme M. Edouard se ruinât si rapidement. Mais l'un n'était pas son parent, et l'autre trouvait le sujet trop délicat pour oser l'aborder ; en conséquence, suivant un précédent déjà fort ancien, ils passaient outre. Cependant c'était au buffet du premier, toujours garni de vins de premier choix, qu'il avait éprouvé les premiers symptômes d'ébriété ; et la maison du second servit de réunion préparatoire aux orgies qui se continuèrent jusque dans les hôtels publics. C'est souvent ainsi que les gens sobres, d'habitudes régulières et dis-

crêtes, doués d'une constitution qui les pré-
serve de tout excès, encourageront par leur
présence les têtes folles et ardentes et les
suivront jusqu'au bord du précipice pour
s'étonner ensuite de leur chute.

Augusta était assise seule dans son salon,
dont les volets fermés interceptaient l'air
froid d'une nuit d'hiver. Tout autour d'elle
portait le cachet de l'élégance luxueuse et
du bon goût. Des livres splendidement reliés
et de belles gravures encombraient les ta-
bles recouvertes de riches tapis. De hauts
vases débordés par les fleurs les plus rares
de la saison se reflétaient à l'infini, ainsi
que les bougies diaphanes dans de magnifi-
ques glaces découpées en ogives. Tout in-
diquait le luxe et le repos dans cette splendide
demeure, tout, excepté le visage inquiet et
l'attitude de la maîtresse.

Il était tard, et de longues et mortelles
heures s'étaient écoulées dans l'attente du
retour de son époux. Elle consulta une petite

montre enrichie de diamants ; les aiguilles avaient marqué minuit. Elle soupira au souvenir des soirées agréables qu'ils pas- saient jadis ensemble, dans ce même salon, avec ces livres, ces gravures, devant la har- pe ou le piano, aujourd'hui silencieux.

Un violent coup de marteau à la porte de la rue la fit tressaillir. Elle se hâta de courir à l'antichambre ; mais elle fut saisie d'épou- vante en arrivant sur le seuil. On lui rame- nait son époux porté sur les bras de quatre hommes.

— Mon Dieu ! il est donc mort ? s'écria-t- elle en poussant un cri déchirant.

— Non, madame, dit l'un des hommes ; mais pour le quart d'heure, c'est comme s'il l'était.

La vérité dans toute son horreur jaillit à l'esprit d'Augusta. Sans questions ni com- mentaires, elle fit déposer son époux sur le sofa du salon, reconduisit elle-même les porteurs jusqu'à la porte de la rue, qu'elle

ferma, et vint se placer silencieuse et stupé-
faite devant le corps insensible d'Edouard.
Toutes ses illusions se dissipèrent comme
au réveil d'un rêve. Elle avait sous les yeux
la ruine de ses affections, la disgrâce et le
déshonneur de son époux. Toutes les scè-
nes des jours de bonheur passèrent comme
un mirage devant ses yeux, et elle sanglota
dans l'amertume de son désespoir. Grand
Dieu ! Seigneur, aidez-moi ; sauvez, sauvez
mon époux !

Augusta, douée d'une énergie peu commune, résolut, après avoir donné cours à ce
premier élan de désespoir, de ne pas abandonner son époux ni ses enfants dans ce
moment d'épreuve et de tourmente.

— Lorsqu'il s'éveillera, se dit-elle, je le
prierai et supplierai. Je verserai les trésors
de mon âme dans son cœur pour le sauver.
Pauvre Edouard, vous avez été entraîné,
trahi sans doute ; mais vous êtes trop bon,

trop généreux, trop noble pour succomber ainsi sans combattre.

Edouard ne sortit de la léthargie produite par l'ivresse que tard le lendemain matin. Il ouvrit lentement ses yeux appesantis, puis tressaillit, et ses yeux hagards errèrent dans la chambre, et vinrent s'arrêter sur les yeux tristes et mornes de sa femme. La mémoire lui revint subitement, et le rouge de la honte colora son front. Un silence solennel régna quelques instants sur cette scène ; enfin, cédant au paroxysme de la douleur, Augusta vint se jeter dans ses bras et pleura.

— Vous ne me haïssez donc pas, dit-il d'une voix sombre.

— Vous haïr ! jamais !... Mais Edouard, Edouard ! qui vous a donc ainsi entraîné ?...

— Ma chère femme, vous avez promis un jour d'être mon ange gardien, et de me ramener dans le sentier de la vertu ; votre tâche commence. Oh ! Augusta ! jamais

scène semblable à celle-ci ne se renouvel-
lera !... jamais !... Je le jure devant Dieu qui
m'entend.

Augusta, retrouvant sur la physionomie
d'Edouard les nobles sentiments de la sin-
cérité et du remords, n'eut plus de doute
qu'il ne fût sauvé pour toujours ; malheu-
reusement les projets de réforme péchaient
sur un point essentiel : loin de vouloir renoncer entièrement à la vie dissolue, il se
promit d'en retrancher seulement une partie, et de se tenir désormais sur ses gardes,
sans songer que la surexcitation du sys-
tème nerveux et l'affaiblissement des facultés du cerveau ne lui laisseraient plus la
puissance de volonté pour s'arrêter à
temps, et le rendraient le jouet de l'occasion la plus rapprochée qui se présenterait
à lui.

Il réussit néanmoins à reprendre les ap-
parences du calme et à maîtriser l'efferves-
cence de sa passion dégradante.

6

C'est une grande erreur de n'appeler intempérance que l'ivresse produite par l'abus des spiritueux : il existe souvent chez l'homme un état d'irritabilité nerveuse, résultant de stimulants modérés, mais persévérants, qui prédispose l'esprit à une destruction foudroyante, comme le choléra, après des symptômes de malaise et de lassitude. C'est en cet état morbide que l'esprit se lance dans les spéculations extravagantes ou dans la passion effrénée du jeu.

Telle était la situation d'Edouard. Ayant abandonné depuis longtemps la direction régulière et sage de ses affaires, il compromit sa fortune tout entière dans des spéculations téméraires et folles ; et lorsque la crise se déclara, lui ouvrant une perspective de ruine, il recourut de nouveau à l'ivresse pour y noyer ses pensées.

Il passa quelques mois éloigné de sa femme et de sa famille, plongé une partie du temps dans un état de stupeur qu'il cherchait à réveiller dans les suroxcitations factices du cerveau.

Enfin le coup qui devait briser sans retour ses rêves chimériques et sa prospérité chancelante éclata sur lui comme la foudre. Sur un coup de dé il vit disparaître la fortune qu'il tenait de sa femme, et se trouva tout à coup sans ressources.

De la ville où il s'était réfugié pour cacher sa honte et combiner ses projets, il écrivit à sa trop confiance épouse.

« Augusta, tout est fini !... N'espérez plus rien de votre époux... N'ajoutez plus foi aux promesses qu'il pourra vous faire, car il est perdu pour vous comme pour lui-même. Augusta, notre fortune, votre fortune tout entière, que j'ai risquée imprudemment, est engloutie ; mais est-ce là le plus grand malheur?... Non, non, Augusta, je suis perdu irrévocablement, corps et âme, comme la fortune que j'ai gaspillée. J'avais autrefois du courage, de la santé, de l'imagination ;

tout cela est parti. Je cède journellement à la passion de l'ivresse pour oublier mon abjection et ma misère. Vous vous rappelez le triste jour où vous découvrîtes que votre époux était un ivrogne?... Oublierai-je jamais vos regards de compassion? Confiante et aveugle dans votre partialité, vous crûtes à un retour sincère. Vain espoir !... j'étais déjà perdu à tout jamais.

» Hélas ! ma chère femme, pourquoi suis-je donc votre époux?... le père de ces enfants que vous m'avez donnés?... Y a-t-il rien d'égal à vos attraits, à l'innocence de nos enfants?... Eh bien ! rien de tout cela ne saurait me tirer de l'agonie de cette effroyable passion. Je pense que je sacrifie tout, femme, enfants, famille... mais l'heure vient, l'heure brûlante arrive, et tout est oublié. Vous ne me verrez plus, Augusta. Le peu que j'ai sauvé, je vous l'envoie. Vous avez des amis, des parents. Vous possédez au dessus de tout cela une énergie, une activité d'esprit qui ne vous laisseront jamais dans l'embarras. Vous souffrirez sans doute pour briser les liens qui nous unissent ; mais prenez courage, car vous souffririez trop de voir s'opérer chaque jour la dégradation de votre époux, d'éprouver les caprices, les colères furieuses d'un homme qui n'est plus maître de lui-même. Vous ne voudriez pas faire souffrir vos enfants du même supplice ? Non, ma route est sombre et conduit à l'abîme ; je la suivrai seul.

» Vous pouvez concentrer dans une paisible retraite vos trésors d'affection sur vos pauvres enfants, et leur faire occuper dans votre cœur la place désertée par un époux indigne de vous. Si je vous quitte à présent, vous vous souviendrez encore de ce que j'ai été pour vous ; vous m'aimerez encore, et vous pleurerez ma mort ; mais si vous reveniez auprès de moi, votre amour s'éteindrait, je deviendrais pour vous un objet de dégoût et d'horreur. Adieu donc ; ma femme ; mon

6.

premier, mon meilleur amour, adieu !... Je
vous quitte avec l'espérance !...

Mais avec l'espérance, adieu remords et crainte !
Si pour moi le bien est perdu,
O mal, dont je subis l'atteinte,
Sois désormais le bien pour mon cœur éperdu.

» Ces paroles sont amères, mais applica-
bles à ma situation. Ne cherchez pas à me
rejoindre ; ne m'écrivez pas : rien ne pourrait me sauver. »

Ainsi commençait et finissait brusquement cette épître, qui apportait à Augusta
la ruine de ses espérances. Il y a des mo-
ments d'angoisses, où le cœur le plus frivole
s'élève malgré lui vers Dieu, comme l'eau
pressée par le piston. Augusta avait été
grande, généreuse, affectionnée ; mais elle
n'avait vécu que pour le monde. Son bonheur reposait sur son mari et ses enfants ;
ils étaient son orgueil, son espoir, sa vie.

Forte de sa conscience, elle n'avait jamais
senti le besoin de chercher un appui dans la
puissance divine. Mais en laissant tomber
cette lettre de ses mains, ses regards déses-
pérés s'élevèrent au ciel : — A quoi bon
vivre, mon Dieu ! s'écria-t-elle dans le premier paroxysme de douleur. Mais elle ré-
prima aussitôt cette pensée égoïste ; elle
puisa dans la prière de nouvelles forces
pour supporter les malheurs de sa position.
Sa confiance aveugle pour tout être terrestre fut toujours détruite par la chute de son
époux; elle se jeta donc pour dernier refuge
dans les bas du Tout-Puissant. Elle alla
rejoindre Edouard dans la ville où il s'était
réfugié ; mais elle s'efforça en vain de le
sauver. Elle éprouva les tortures et les
alternatives de réformes passagères, qui ne
réveillaient ses espérances que pour la re-
plonger dans un désespoir sans bornes.
Elle vit s'opérer dans l'homme qu'elle avait
aimé l'épuisement progressif du corps et la

destruction de tous principes de morale et de sensibilité, l'animalité dégoûtante qui distingue les progrès de l'ivrogne.

Quelques années plus tard, une nouvelle famille vint habiter une dépendance à peu près en ruine du village d'A... Les membres de cette famille se composaient de quatre enfants, dont les traits amaigris et la gravité précoce témoignaient les souffrances endurées par les privations et les chagrins. La mère, usée par la douleur, laissait lire dans le feu sombre de ses yeux, dans la pâleur de ses joues et dans la compression de ses lèvres, toutes les souffrances de la vie. Le père avait l'œil hagard, le pas chancelant, cet air hébété et indolent que donnent le crime et la dégradation. Personne des anciennes connaissances d'Edouard ne l'eût jamais reconnu dans ce misérable, non plus que dans cette pauvre malheureuse femme ils n'eussent reconnu la jeune et brillante Augusta. Combien de cœurs brisés viendront attester que de tels changements ne sont pas imaginaires !

Augusta s'était réfugiée avec son époux dans une ville où ils étaient complétement ignorés, afin d'échapper au moins à la dégradation de leur misère devant ceux qui les avaient connus dans leur prospérité. La misère la plus profonde les suivait partout ; mais elle luttait contre elle avec courage, et utilisait au profit de l'existence de ses enfants les talents qu'elle n'avait cultivés dans ses jours de bonheur que pour passer le temps.

Il y avait à peine quelques semaines qu'elle était dans cet endroit, que son frère, ayant appris ses infortunes et le lieu de sa retraite, vint la chercher pour l'engager à abandonner son indigne époux et à se réfugier auprès de lui.

— Augusta, ma chère sœur, je vous retrouve enfin ! s'écria-t-il un jour en la surprenant au milieu de ses travaux de famille.

— Henri, mon cher frère !... Un éclair de de joie éclaira sa physionomie, qui retomba bientôt dans un morne abattement lorsque ses yeux parcoururent le triste réduit où elle se trouvait.

— Je vois ce qu'il en est, Augusta ; vous succombez lentement, la victime d'un faux sentiment de devoir pour un homme qui n'en est plus digne. Je ne le souffrirai pas plus longtemps, et je suis venu ici pour vous emmener.

Augusta détourna les yeux qu'elle tint fixés de côté de la fenêtre, absorbée qu'elle était par ses tristes pensées, exprimant les dernières angoisses du désespoir.

— Henri, répliqua-t-elle enfin, jamais femme ne fut plus heureuse que je ne l'ai été dans les commencements de notre union. Comment l'oublierais-je jamais ? Quiconque l'a connu dans ses jours de bonheur n'a pu s'empêcher de l'aimer. On l'a séduit et entraîné ; moi-même j'ai involontairement contribué à le plonger dans l'abîme, et il est tombé pour ne plus se relever. Ses meilleurs amis se sont associés à sa ruine et l'ont regardé froidement sans qu'un seul offrît de lui tendre une main secourable. Pouvais-je l'abandonner aussi, moi sa femme ? Quel compte aurais-je eu à rendre devant Dieu. Si je le quittais aujourd'hui, Henri, il serait perdu sans espoir ! Je ne puis le faire. Je sais que mon devoir envers mes enfants m'impose de les éloigner d'ici. Emmenez-les, Henri ; ils sont ma seule consolation, mais ils ne doivent pas rester plus longtemps ici. Je ne tarderai peut-être pas à les rejoindre ; mais je veux tenter encore une fois à le sauver. Qu'est-ce que cette existence pour moi, qui ai déjà tant souffert ? Rien !... Mais l'éternité, Henri, l'éternité ! puis-je donc l'abandonner ainsi à un désespoir sans limites ?... Oh ! cette pensée...

Elle s'arrêta suffoquée par les larmes qui coulèrent abondamment sur ses joues flétries, et cachant sa tête dans ses mains, elle éclata en sanglots convulsifs.

Son frère pleura avec elle, jugeant qu'il essayerait inutilement d'ébranler sa résolution. Il repartit le jour suivant, emmenant avec lui les enfants après des adieux déchirants de part et d'autre, Augusta espérant que leur absence éveillerait peut-être un reste de sensibilité au fond du cœur de son époux.

Huit jours plus tard, Augusta se présentait un soir à la porte de l'hôtel de M. L..., l'un des plus riches propriétaires de la ville d'A... Elle ne reconnut M. L..., que lorsqu'elle eut été introduite dans ses somptueux appartements, et elle se rappela alors l'avoir souvent rencontré dans les réunions

brillantes où elle allait jadis avec Edouard.
Elle était elle-même trop changée pour
craindre d'être reconnue de M. I.... Il lui
tendit une chaise, la pria d'un air de compassion d'attendre le retour de sa femme, et
alla reprendre une conversation commencée
avec un de ses amis.

— Je trouve, mon cher Dallas, que vous
exagérez la question. La société ne saurait
se réformer par ce moyen que chaque homme ira trouver son voisin pour l'exhorter à
la tempérance, mais parce qu'il songera à
veiller sur ses propres passions. C'est moi,
vous, mon cher monsieur, qui devons
commencer par nous amender, et les autres
suivront notre exemple. Ce nouveau systè-
me, qui consiste dans ce que chaque indivi-
du considère comme un devoir d'aller s'occuper des affaires spirituelles de son voisin,
et prendre justement le chemin contraire au
succès. Il fait beaucoup d'effet en théorie, et
ne produit absolument rien en principe.

— Mais si votre voisin ne se sent pas de dispositions pour opérer par lui-même son amendement, qu'en résultera-t-il ?

— C'est son affaire, et non la mienne. Dieu me commande de faire mon devoir, et non de m'inquiéter si mon voisin fait le sien.

— Mais, mon ami, c'est justement là qu'est la question. Quel est le devoir qu'exige de vous le Créateur ? Que vous ayez quelque sollicitude pour votre voisin.

— C'est déjà lui en témoigner que de lui montrer le bon exemple. Je n'entends pas un exemple comme le vôtre, qui consiste à me priver de boire un peu d'eau-de-vie pour l'empêcher d'en boire beaucoup, mais à lui démontrer que je bois modérément et que je m'abstiens de tout excès.

La conversation fut interr

retour de madame L... Sa présence rappela à l'esprit d'Augusta les jours de bonheur et d'allégresse d'elle et de son époux lorsqu'elle avait fait la connaissance de cet honorable couple. Quel affreux contraste pour elle, la femme d'un homme ruiné et perdu de vice et de débauche? Et combien ne se rappela-t-elle pas avec remords cette phrase banale qu'elle avait redite comme le monde devant un appel à la sollicitude : — Pourquoi s'occuper des affaires des autres? Chacun chez soi, chacun pour soi...

Elle reçut silencieuse les objets que madame I.... lui confia, et partit.

— Hélène, dit M. L... à sa femme, cette pauvre femme paraît bien malheureuse et tourmentée par quelque peine secrète. Vous irez la voir quelquefois, et vous tâcherez de vous informer si nous ne pourrions pas faire quelque chose pour la soulager.

— C'est singulier, répliqua madame I...., elle m'a rappelé les traits d'Augusta Howard... Vous souvenez-vous d'elle ?

— Hélas ! oui, la pauvre femme ! et de son époux aussi. Ce fut une bien triste histoire que celle d'Edouard Howard. J'ai appris qu'il avait contracté le goût immodéré des boissons alcooliques. Qui eût jamais pensé cela de lui ?

— Souvenez-vous, mon cher époux, dit madame I...., que je l'ai prédit six mois avant qu'il en fût question. C'était à cette réunion qui eut lieu chez nous après les noces de Marie, et où il s'enivra. Je dis alors qu'il s'engageait dans une voie dangereuse ; mais il était si facile à exciter, que deux ou trois verres le mettaient hors de lui. Pourtant Georges Eldon boit ses dix ou douze verres sans que personne s'en doute.

— Ce fut bien dommage, répliqua M. L...

Howard valait une douzaine de Georges Eldon.

— Pensez-vous, dit Dallas, qui avait écouté jusque-là en silence, que, s'il avait fréquenté des cercles d'où l'on eût banni toute boisson excitante, il eût ainsi succombé ?

— Je ne saurais le dire, répliqua M. L.... Il serait possible que non.

M. Dallas était un homme d'une grande fortune et un ardent enthousiasme de la tempérance. Quel que fut l'objet qui l'occupât, il y mettait toute son âme, et depuis quelques années il s'était associé à tous les projets philanthropiques pour l'amélioration de l'espèce humaine. Dans le cours de ses actes de charité et de bienveillance, il avait souvent passé la demeure d'Edouard, et il s'était vivement intéressé à sa pauvre femme, dont il fit la connaissance par l'entre-

7.

mise des enfants, et dont il connut en partie l'histoire. Il n'y avait qu'un tempérament sanguin comme le sien qui osât entreprendre de porter remède à tant de misère par la transformation de celui qui l'avait causée. Ce fut pourtant son projet. L'observation de M. et de madame L.... le lui rappela à l'esprit, et il résolut d'autant mieux de le mettre à exécution, qu'il découvrit que son protégé futur n'était autre que ce même Edourd Howard dont il avait entendu raconter l'histoire.

Il choisit un moment où Edouard ne fût pas sous l'influence de l'abrutissement, et justement le jour où la perte de ses enfants avait éveillé quelques restes de sensibilité. Il s'efforça de faire vibrer les cordes graduellement et l'une après l'autre.

— Il est trop tard, monsieur Dallas, répondit Edouard un jour qu'il lui avait

Indiqué avec une grande éloquence les avantages d'un essai d'amendement, il est trop tard... Vous ne sauriez arracher de l'enfer les âmes qui y sont déjà descendues. Croyez-vous donc que j'ignore tout ce que vous pourriez me dire à ce sujet ? Je le sais par cœur. Personne ne saurait faire de meilleurs sermons que moi sur l'intempérance... Je sais tout... je crois tout... comme les démons croient et tremblent.

— C'est possible, dit Dallas ; mais il vous reste à vous l'espérance, vous ne vous ruinez pas ainsi pour toujours.

— Et qui êtes vous donc, pour me parler de la sorte ? s'informa Edouard, qui sortait de son sombre désespoir pour contempler avec curiosité son interlocuteur.

— Je suis le messager de Dieu envoyé vers vous, Edouard Howard, dit Dallas fixant

7..

sur lui son regard solennel et inspiré, vers
vous, Edouard Howard, qui avez gaspillé
jeunesse, talents, santé... qui avez brisé le
cœur de votre femme et ruiné vos mal-
heureux enfants ! Dieu m'envoie vers
vous pour vous offrir de nouveau la santé,
l'espérance, le respect de vous-même et
l'estime de vos semblables. Vous pouvez
encore guérir le cœur brisé de votre femme et rendre un père aux enfants orphe-
lins. Pensez-y, Howard, songez-y donc si
cela était possible !... Si vous vous retrou-
viez dans la situation d'un homme honoré
et respecté comme vous l'étiez jadis, avec
un intérieur heureux, confortable, une
femme consolé et des petits anges pour vous
sourire ! Pensez donc que vous pourriez
guérir les souffrances de votre femme ! Qui
vous empêche d'obtenir tout cela ?

— Justement ce qui retient l'homme riche
en enfer, le gouffre qui s'est ouvert entre

moi et tout ce qui est bon et bien ; ma femme, mes enfants, mes espérances du ciel,
tout cela est de l'autre côté.

— Mais vous pouvez encore le franchir,
ce gouffre, Howard. Que donneriez-vous
pour devenir un homme sobre ?

— Ce que je donnerais ?... dit Howard. Il
réfléchit un instant, puis il fondit en larmes.

— Ah ! je vois ce que c'est, dit Dallas ; il
vous manquait un ami... le ciel vous en
envoie un.

— Que pouvez-vous donc faire pour moi,
monsieur Dallas, demanda Howard étonné
de cette confiance qu'il avait en lui-même.

— Je vais vous le dire. Je puis vous prendre chez moi et vous y donner une chambre,
afin de veiller constamment sur vous jusqu'à ce que vos plus fortes tentations soient

passées. Je puis occuper votre esprit, le distraire, faire enfin tout ce qui est nécessaire à votre guérison si vous voulez vous confier à mes soins.

— Dieu de miséricorde ! auriez-vous donc pitié de moi, et me serait-il encore permis d'espérer ?... Je n'ose le croire... Mais emmenez-moi où vous voudrez. Je suis prêt à vous suivre et à vous obéir en toutes choses.

Quelques heures suffirent pour opérer le transfert de l'époux dans une chambre retirée de l'élégante maison de Dallas, où il trouva sa femme attentive et reconnaissante, continuant auprès de lui son rôle d'ange gardien.

Un traitement médical entendu, un exercice salutaire des forces physiques, joints à une nourriture simple et de l'eau pure pour boisson, ne lui semblèrent au premier abord qu'un état d'emprisonnement de l'esprit et du corps. La suppression immédiate de toute boisson excitante lui causa une réaction terrible, et il pria plusieurs fois jusqu'aux larmes qu'on lui permît d'abandonner ce projet ; mais enfin la persistance résolue de M. Dallas et les tendres sollicitations de sa femme prévalurent. On pouvait dire à la vérité qu'il se purifiait par le feu... car une fièvre chaude et un long délire le mirent presque aux portes du tombeau.

Mais enfin la lutte entre la vie et la mort prit fin, et bien qu'il restât longtemps encore faible et amaigri sur son lit de souffrance, il avait repris néanmoins toute la rectitude de sa raison, et il éprouvait les premiers symptômes du retour à la santé. Que ceux qui ont suivi un ami dans sa tombe, et qui ont cherché jour et nuit à combler ce vide de l'amitié absente, s'imaginent les tressaillements de joie que ressentit Augusta lorsqu'elle vit sortir du tombeau l'époux d'autrefois qu'elle croyait à tout jamais perdu pour elle.

— Augusta, lui dit-il d'une voix faible lorsqu'il s'éveilla de ce long délire... Augusta, je suis sauvé, je le sens, et ma raison est revenue.

Le cœur noble et généreux d'Augusta fondit à ces paroles, et ils versèrent tous deux des larmes de joie et d'attendrissement ; il ajouta :

— C'est pour moi plus que le retour à la vie... Je sens que je commence le cours de la vie éternelle... Si le Seigneur veut me pardonner mon passé...

— Dites-moi, Dallas, demandait un jour M. L... à son ami ; quel est donc ce beau jeune homme que j'ai rencontré ce matin dans votre comptoir ?... Sa figure ne m'est pas étrangère.

— C'est M. Howard... un jeune avocat que j'ai pris avec moi depuis peu de temps pour m'aider dans mes affaires.

— C'est étrange ! mais non, ce n'est pas possible... ce jeune homme ne saurait être le nommé Howard que j'ai connu autrefois.

— Je crois que c'est le même.

— Mais je croyais qu'il était parti... pour toujours... et mort depuis longtemps par suite d'intempérance ?

— Ma foi ! il l'était à peu près ; peu d'hommes sont tombés plus bas que lui ; mais aujourd'hui il est en voie de dépasser toutes les qualités que jadis nous espérions rencontrer en lui.

— Quelle circonstance extraordinaire a donc produit cette miraculeuse métamorphose?

— J'éprouve un certain embarras à vous expliquer comment elle est arrivée, attendu qu'il y a eu une occulte et puissante intervention de ces sortes de gens qui s'occupent des affaires de leurs voisins, formant des sociétés de tempérance et toutes sortes d'absurdités semblables.

— Allons, allons, dit M. L... avec un sourire ; je désire néanmoins connaître votre histoire.

— Entrez d'abord avec moi dans cette maison, dit Dallas introduisant son ami dans le salon d'une jolie petite habitation où ils trouvèrent Edouard Howard qui faisait sauter dans ses bras un petit garçon frais et rose, tandis qu'Augusta épiait ses mouvements avec un visage rayonnant de joie et de sourires.

— Monsieur et madame Howard... je

vous présente M. L...., une de vos vieilles connaissances je crois.

Il y eut un moment d'embarras de part et d'autre, que rompit bientôt la franche cordialité d'Edouard. M. L... prit un siège, et ne pouvait détourner les yeux d'Augusta, chez laquelle il admirait une beauté d'un ordre plus élevé que celle de sa première jeunesse.

L'appartement était simple, mais élégamment meublé, et contenant les indices caractéristiques d'une vie laborieuse et retirée du monde, tels que livres, gravures et instruments de musique. Mais au-dessus de tout, et comme le plus bel ornement, quatre enfants resplendissants de santé et d'humeur joyeuse, étudiaient et jouaient à l'autre extrémité du salon.

Après une courte visite, les deux amis se retrouvèrent dans la rue.

— Dallas, vous êtes un homme heureux,
dit M. L... ; cette famille sera pour vous une
mine inépuisable de jouissances spirituelles.

————

Limoges. — Imprimerie de Charles Barbou.

www.ingramcontent.com/pod-product-compliance
Lightning Source LLC
Chambersburg PA
CBHW060827250626
47162CB00005B/1976